句集

日脚

岡田耕治

邑書林

句集 日脚＊目次

カバー画……探幽縮図 草花生写図巻 部分
狩野探幽筆
京都国立博物館蔵

句集
日脚

第1章 先生

村じゅうにある一月の浪の音

決心を組み立てており深雪窓

練炭に残るほむらの初昔

家中を濡らしてゆけり初湯の子

先生の冬空もいま明けんとす

新しき辞書とおのれに残る時間

ニューヨーク三句

宙に出てしずかになりし鳥の影

寒に入る破片のひとつ顔写真

日脚伸ぶ消されしビルの悲鳴にも

日に一度先に打たれし寒の水

自らに向って歩く寒昴

帰りには膨らむ鞄日脚伸ぶ

起ち上がるものの倒され磯竈

初蝶におくれて風を受けており

蝶生まる音のしている日射かな

春泥をすれすれに来て象の鼻

昨日より大きくなりし紙雛

順番に風邪ひいている雛かな

春の雨濡れてベトナムから来たる

耳だけは聞こえていると朧の夜

牡丹の芽友は女のもとにいる

さくら咲く拒食と過食繰り返し
花吹雪遠近法を失える
一片も散らぬときくる桜かな

春愁を上手に脱いでたたみけり
たずね来る鶯餅と君の鬱
家中に草のびている朝寝かな

墜落の途中に見えて春の空

夏の海見つめていたり目を逸らし

飛魚の着水までの歓喜かな

麦の秋渡りて夢のなかに入る

先生の息のまぢかに夏夕べ

手をつなぐ祭の中を抜けるため

冷房車少女の嘔吐流れ出し

梅雨の傘火元まで行くことにする

一瞬を耐えれば終わる青薄

自転車の前後に睡り裸の子

水馬短き家出しておりぬ

店先の古本たちの葭簀陰

緑蔭に入り精神をはたらかす

われのあとわが影過ぎる炎天下

書き手から読み手に戻る短き夜

水を呑む短夜の酒終えるため

短夜の祈りの時間増やしけり

母のあと父が来ている泉かな

香水やチェーンの幅にドア開き
ドア閉まるまで帚木の見えており
西日透く航空写真の戦前へ

夕焼けの車掌が顎を見せて過ぐ

香水をつけそれからは何もせず

炎昼を来て白髪の講義かな

夜濯に匂いはじめし土の道

李白という一升酒を冷しけり

何処にも私のなき百日紅

公案を抜け出している甲虫

夏の帯締めて時間を余したる

打水のすぐ後に出る走者にて

いつまでも追いつけぬまま昼寝覚

天道虫また脚注に戻りたる

面接の直前に止み油蝉

麦藁帽何にも触れず墜ちゆけり

秋立てりピアスの穴の向こうにも

先生のいつもの鞄敗戦日

天すでに秋の気配や博奕の木

老いたるは地面に近く踊りけり

見なかったことにしておく秋の蛇

休みの日終りを露に近くいる

家で死ぬ干し物の空高くして

救急車来て去るまでの天の川

会うまでの影を濃くして月の前

逆光の薄のなかに失いぬ

露けしやおくれて着きし人の顔

秋の海絵の具を強くしぼり出す

遠くまで石の跳ねゆく秋の海

鰯雲夜先生の家を辞す

にぎやかに国道を過ぎ穴まどい

天の川書く力身に残しおく

天の川寝転べる地のまだ温し

病室から病室が見え秋の暮
やわらかし次はかたしと柿を食う
野のひとり近づいて秋深くなる

蓮の実が飛ぶ大切な人の前

死ななかった者らの障子洗わるる

昆虫に変わる途中の椚の実

木の実独楽同時に狂いはじめたる

無花果を食べては濡らす新聞紙

冬に入る制服の尻てかてかと

聞き耳の至近にありし初時雨

日短し路上に傷む電話帳

短日の土に落ちたる釘新し

毛糸編むしだいに顎を細くして

冬座敷音たてて髪ほどきたる

十二月落書の鳥あざやかに

冬の雷言葉を声にかえるとき
ワイン飲むいつまでも目をゆるませて
結末の近づいているショールかな

追・鈴木六林男三句

六林男亡し繰り返し引く辞書の前

死者として生きはじめたる山茶花よ

空白のゆっくりと来る冬の鯉

第2章

水仙

雪晴の血痕として濡れており

傍らに居ること残る氷柱かな

鳥総松口から耳へ伝えられ

大寒の吊橋すすむ尻の穴

荒天なお水仙として集まりぬ

寒鯉の先を走りし言葉かな

この度は長く留まり春の風邪
山を焼く口から酒の匂いたる
春立ちぬ綺麗なふくらはぎのため

いくたびもおこされている春の土

透明な漏斗に残り水温む

帰らない人たちと居て春の山

結論を聞く前に立ち苜蓿

自転車の先端が濡れ牡丹の芽

手を合わす掌に蝶生まるよう

手すりから乗り出している春の川

泣く人を視つめる眼卒園す

残雪に最も近き奈落かな

てのひらの流れを入れて春の海
野に遊ぶ今日と明日を分かつため
スカートを穿くと女になると言う

蝶の昼点りつづける展翅板

いくたびも結び直して春の靴

ゴム風船昭和の匂い膨らみぬ

背中から愛し八十八夜寒

春眠の脳がたくらみつづけたる

葉脈のひと筋残り柏餅

青葉騒今日しかないと決まりけり

傾いて草を刈りゆく黙思かな

摑み合う蟹の鋏が静止せり

恋人の顔が切りたる蜘蛛の糸

自らをほどく時くる油虫

六月の川のものなる精子かな

後ろから波のおこりし尺蠖よ
すれ違うことを恐れず羽抜鶏
天道虫同じところにまた転び

理科室が最も暗し蟬しぐれ

内側の水増えてゆく箱眼鏡

プール出る二本の足を重くして

胸板の大きく濡れる夕立かな

香水やすぐに戻ると言いて去る

いくたびか小さく死ねり花氷

秋の蟬地に落ちてより鳴きはじむ

大南瓜もう半分は考えず

言うことを聞かなくなりし背中かな

限界まで膨らんでいる秋の水
せめぎ合うことの静かにいぼむしり
蟷螂が残されている舞台にて

この世には何も残さずいなびかり

父が来て夜長の窓を放ちけり

秋つばめ次に逢う日を失いぬ

秋暑し運動場のオルガンと

蜻蛉の向きの変わりし読書かな

蛇穴に入りては老いを軽くする

戦中の話に移り芋畑

ふかし藷水屋の闇に今もある

戦前の一日終わる薄かな

ゆるやかに結ばれてあり秋桜
恋愛の歩いて渡る秋の川
これからのことが見え出す烏瓜

栗を剝く匙の微かに歪みたる

突然に全てをなくす蓮の実

はじめから傾いている木の実独楽

占いのカーテン厚き時雨かな

時雨傘たたみて人を待ちはじむ

立山のまだ見えている夕時雨

冬日向象居なくなる象の家

変身の後を静かに花八手

何時までも何処にいても毛糸編む

傷つける力のありて枯蓮

マスクして見知らぬ眼現れる

灯を点けて蒲団の姿態あらわにす

壊れないようマフラーで縛りおく

夜話や時に火箸を深く刺し

「極楽」と言いて入れる蒲団かな

私が最も遠し大枯野

きっかりと首を巡らす梟かな

ひと度は蒲団の内に引きこもる

さまざまな記号たずさえ羽蒲団

羽蒲団ぎこちなくなることのあり

掻き毟ることをはじめし炬燵かな

永く居る者は黙りて落葉焚

透明なエレベーターの冬銀河

夜話の鼻を大きくしてゆけり

第3章　水筒

春の鳶つばさの指を開きくる

桜鯛雌から雄になるところ

ぶらんこにずれはじめたる虚空かな

いかのぼり最も高く手渡さる

目つむりて呼び出している桜かな

ただここに居るだけでよし花の空

花篝骨と骨とがぶつかりぬ

フラスコの中が燃え出す花の夜

花吹雪だれも思わぬところまで

放送が始まっている蝌蚪の国

仕掛けおくものの一つに風光る

温もりのこみ上げてくる葱坊主

乾電池替えたばかりの朧月

入学す足をぷかぷかさせながら

電柱に隠れていたる四月かな

飛ぶ前に崩れていたりしゃぼん玉

蝶の昼雨のなかへと移りたる

朝顔蒔く何もなかったことにして

投げ出した脚を視ており麦の秋

鯉幟雨の匂いをたたみたる

私のなかの少年夏兆す

夏料理青きスープにはじまれる

飛魚の繰り返し飛ぶ海の熱

夏燕翼を止めて墜ちゆけり

貧しさの近づいている枇杷の尻

太き枇杷くるりと剝けるかも知れぬ

海側のシートを選ぶ南風かな

沖縄六句

頭を入れて動かずに視る夏の海

水筒やよく磨かれて遺りたる

梅雨に入る実弾射撃演習場

蟇見開いた眼に映りいる

鉄兜だけが全し冷房裡

梅雨のガマ伝えるためにここに立つ

余命という未来のありて著莪の花

日光が当りはじめし蟻地獄

夏大根速く激しくおろしけり

コンピュータだけが点れる五月闇

風薫る体育館のひざ小僧

遠くから我に返りし墓

全員が出掛けるというバナナかな

白を着る多くの人と会うために

心音を送り込みたる花氷

滝の前体内の水鳴りはじむ

青潮を抜け赤潮の鬼虎魚

向日葵の何も起こらぬときつづく

さまざまの声のひしめく夏帽子

舟虫の至る所へ逃れけり

ビール飲む自画像のこの沈黙と

夏座敷ひと間を隔て視ていたる

鉛筆を編み込んでおくハンモック

冷酒飲むところどころを飛ばしつつ

パラソルや全員の水かがやかす

頭を空にせんと入りたる蟬しぐれ

スカートを回転させて花火待つ

広島三句

噴水を浴びつづけたるヒロシマよ

繰り返す過ちのなか田水沸く

安らかに眠らぬ人の旱星

風の日のポプラに生まれ変わること

金魚すくう電気を作る音の前

アイデアの向こうを目がけ髪洗う

曲りたる胡瓜の空を想いけり

海へ向く子らに晩夏の雲渡る

水筒と八月六日登校す

六日からきざむ九日秋立ちぬ

一晩の傾きのあり踊下駄

血管をたどる八月十五日

冷ややかにカーテンの窓膨らみぬ

八月の音立てて裂くカレンダー

登校の一人ひとりの九月かな

鬼灯の最も軽くなる夕べ

鈍行を選びてよりの虫の声

月明の靴を揃えて眠りけり

一線を越えたばかりのきりぎりす

赤蜻蛉向き変えるとき高くなる

飛んで来て今こおろぎの形なす

約束をゆっくり過ぎる野分かな

白桃をすすりし息を近くする

ここからの影を失い曼珠沙華

声嗄らすことのはじめの天高し

複雑な動き夜に入る鱗雲

虫の声読まずに捨てるメールにも

篠山の枝豆一つずつ太る

耳元に吹きつけておく草の絮

林檎ジャム壜の内よりくらみたる

執拗に鳶墜ちてくる秋の空

何も置かぬ机の上の空澄めり

海に出て衰えている秋思かな

釣瓶落し棟梁は今椅子にいて
触れてより狂いはじめる木の実独楽
ひと度は深く沈みし木の実かな

天高く昏れてゆくなり胡麻豆腐

こうのとり育てる人の秋の空

ひよどりの鳴き止んでいる響かな

ひとたびは心中に鳴り威し銃

まなざしのはるかをぬぐい秋の海

正面に柚子生けてある不在かな

干大根大きな雲の来ておりぬ

よく見えるところを選び木守柿

命令の届かぬところ蓮根掘る

あお向けに崩れていたる冬日向
冬の山乳房に見えるところまで
霜の声掘り起こされしもの匂う

熱燗を置いてベンチを濡らしけり

夜話の同じ焔を見ておりぬ

途中からおもしろくなる大枯野

冬鷗すべてを影と思いけり

横顔の位置を許され冬日向

しばらくの間を生きて障子貼る

枇杷の花存命ならば音を出せ

泣きながら眠る赤子の冬銀河

飲んで寝てまた飲んでいる縕袍かな

エンジンを切りそれからの枯野行

潤目鰯肌理を破らぬように焼く

手袋をしたまま眠る深さかな

まなざしをこの世に戻し冬木の芽

えんぴつのひらがなだけの日記果つ

誰ひとり亡くすことなき襖かな

酒を飲みつづけるための蕪汁

缶蹴り継ぐ中学生の年新た

箱を出たままの句集の去年今年

動き出すまでに間のあり飾海老

正月のかたむいている港かな

真っ直ぐな廊下の向こう寒桜

冬桜彼方のときを生きはじむ

鶴嘴のはじめを濡らし寒の水

ひとり飲みはじめし者の年の豆

立春の黒子と黒子結びけり

一瞬に払い落とさん春の雪

またここへ還ると想う春炬燵

単純なる脳であるらし雪解水

春の雷一度くだけて太くなる

真下より立ちくらみたる梅の空

すぐそばで暮らしはじめる猫柳

つばくらめ幽かな疵をつけいたる

にぎやかに暗くなりゆく春の水

空腹になりて一層耕せり

たった今忘れてしまう揚雲雀

耕牛と向かい合いたる匂いかな

青き踏む肩甲骨をやわらかく

蛇出でて一つの傷に近づきぬ

理知院の最も奥の椿かな

大切な人を失う雛にて
苗木市地に音楽の流れたる
たましいに日の満ちてくる春障子

第4章　春の夢

予め描いて入る春の夢

春の海歩いて渡る人のあり

春セーター内から外を見ていたる

ぶらんこに乗りネクタイをひらめかす
ぶらんこを降りて頭を軽くする
吹いてすぐ捕まえに行くしゃぼん玉

春さむのミントティーから始まりぬ

八歳と八十歳の春日傘

チューリップとくんと動悸していたる

真ん中に力を集め蝶生まる

すぐ君と判ったという夕桜

野遊びのはじめ眼を濡らしたる

ほっぺたの丸くなりたる半ズボン

春の陽を集めて髪を焦がしけり

吐く息の先にあらわれ青岬

亀の子がゆく先先を摑みけり

沢蟹が学校中に逃げ出しぬ

風を受くために生まれし蜻蛉かな

宵涼しレコード針の沈みゆき

初蛍指先の目がとらえたる

てのひらに受けて冷たき蛍の火

蛍籠外にも蛍ついてくる

動くまで囲まれている蜥蜴の子

天道虫一つの夢にたどりつく

蛇を見たと舌まで見たと言い出しぬ

代田から抜け出している雲のあり

魂魄の混み合ってくる梅雨の川

蝸牛大きな音を立てて食む

金亀虫ところどころを眠りたる

理科室の全身に雷走りけり

鬼遊び初め菖蒲にふれてくる
くちゃくちゃになって生まれし黒揚羽
ざりがにと話せるようになりにけり

あめんぼう速く静かに入れ替わり
まだ誰も入らぬプールたぷたぷと
鰡飛ぶを見ることにしてまだ飛ばず

油虫片方の羽収まらぬ

夏霧の海に光の戻りたる

キャンプの火星の形にして星空

最悪を考えているハンモック
滝の前真横から声届きたる
できるだけ遠くに行くと日傘人

何もかも原っぱにあり夏帽子

箱庭の心に風を通しけり

魂の遅れて戻り昼寝覚

美濃三句

友達になったばかりの梅雨茸

梅雨あがる円空仏の微笑から

疲れ鵜の風よく通す構かな

逃がしおく聞き分けのない裸の子

サングラス見て見ぬふりをしていたる

できるだけ耳に近づき八月は

八月の海より体起こしけり

浅きまま長く眠りて秋隣

真ん中を寝そべっている敗戦日

休暇果つ布の鞄を振り回し
抽斗の全てを抜けば葉月来る
腹ぺこになるまで遊び秋の浜

かけ算が遅くなるとき小鳥来る

秋の浜位置がどんどんずれてくる

秋風をととのえている欅かな

蟷螂やうっとりと眼をこらしたる

月光のドアの向こうに来ておりぬ

目をとじて眼をぬらす良夜かな

秋の空一番前の真ん中へ
運動会大きな音の嫌いな子
爽やかに一人ひとりが身を反らす

秋高し体と心組み上がり

秋旱綱引きの綱地に戻り

股引の尻のたるみが走りけり

さかさまの力を弛めいぼむしり

広島五句

鵙猛る原爆ドームの形にて

日照雨爆心地から上を向き

広島の銀杏黄葉として黙る

被爆者の義眼に映り秋ともし

全員がそろっていたる夜長かな

竹の春坐ればすぐに寝ていたる
きりぎりす鳴き終えてから飛びたちぬ
空を見て倒れていたる花野かな

太刀魚の己が光を昇りけり

お腹から眠くなりゆく冬日向

椅子たちの脚が上向き日短し

初時雨倉庫の中に椅子を置き

豆腐屋の水の明るき時雨かな

冬帽子はじめチクチクしていたる

金柑の奥に一人が暮らしけり

足場組む声をかよわせ冬の空

竈猫ゆっくりと血をめぐらしぬ

冬木立たんていが今目を開く

眠っても泣いてもいいと冬木の芽

着膨れて別の力を出しており

切符にもお金にもなり柿落葉

煤逃や正義の話していたる

共に読む絵本の決まる蒲団かな

十二月光るゲームの中にいて
一人だけ学校に来るクリスマス
好きなものばかりを集め冬休

冬の月家の中までついてくる

自らの声取りもどす冬の水

数え日の涙すばやく拭かれけり

額縁のベートーベンに冬日さす

反抗を抱きしめている冬日向

大勢の中のひとりの耳袋

好きなだけ飲み好きなだけ毛糸編む

飛んで来し震えを残す冬の蝶

去年今年チーズの時間厚く切り

目の玉が香っていたり雪達磨

のどぐろのために炭火を弱くする

年寄と暮らしていたる狸かな

動線のあらわになりし冬の星

冬の波ただ乗っていることにする

アイロンの匂いをつけて冬のシャツ

牛滝山三句

冬の滝正面に息きらしけり

山眠る最も深いところまで

牛滝を登りて降りるほてりかな

悴んでそんなにこわくないと言う

叱ることとありて二人の枯野行

雪達磨ふっと終わりの来ていたる

生き返る音のしている寒の水

日脚伸ぶコンクリートの潦

白魚のはねて眼を散らしけり

仲直りするきっかけの春一番

春寒のイルカのしぶき照り返す

煙突の内を濡らして春の雪

菜の花の中を迎えの来ていたる

菜の花の遠く近くに隠れけり

日本国憲法の蛇穴を出る

春の雲久しく草に寝ておらず
かなしみの天辺にある椿かな
白酒の二体になってしまいけり

全巻の漫画を揃え鳥帰る

春灯いくつもの顔はたらかす

蜆蝶やりたいことをしていたる

単線の真っ直ぐ草の青みけり

卒業す一人ひとりの眼の力

ランドセル大地に生やし卒業す

セレモニースーツを干せり花曇

風車ときどき息を加えたる

それからは悟朗の未来風車

畢

日脚

畢

後記

『日脚』は、さきに出した『学校』につづくもので、僕にとっては第二の句集である。一九九六年一月より二〇一四年三月までの作品を収集した。

第1章「先生」は、一九九六年一月〜二〇〇四年一二月まで。「花曜」編集長として、鈴木六林男師の近くにあって同誌を編集しながら俳句と向き合った時期の作品である。「鈴木六林男に代わって『花曜』を編むこと」というミッションは、否応なく私を育ててくれた。「花曜」の読者は、俳人だけでなく、詩人や作家、思想家など多岐に渡っていたので、その方々との出会いや交信は、今も私の財産となっている。実業においても、指導主事、社会教育主事、管理主事として大阪府教育委員会事務局に勤務することになったので、野口克海さんをはじめ、多くの優秀な方々と出会うことができた。

第2章「水仙」は、二〇〇五年一月から二〇〇八年一二月まで。久保純夫さん、高橋修宏さん、森澤程さんとともに創刊した同人誌「光芒」を中心に活動した時期の作品である。俳人は、師匠を亡くしてからが勝負と云われるが、「花曜」終刊直後に作品をまとめて発表する場があったことに感謝する。実業においては、教育部長として岬町教育委員会事務局に勤務することになった。この時から岬句会や識字学級の皆さんの俳句づくりをお手伝いすることになった。

第3章「水筒」は、二〇〇九年一月から二〇一三年三月まで。「香天」を創刊し、代表を務め始めた時期の作品である。「香天」の発行を続けることができるのは、西田唯士さん、石井冴さん、谷川すみれさんをはじめとする同人や会員の皆さんの協力があるからだ。実業においては、校長として岬町立岬中学校に勤務することになった。岬中学校は、母校であり、教諭として勤務していた学校である。幸いにも、田口瞳さんをはじめとする元同僚の仲間とともに学校づくりに取り組むことができた。

第4章「春の夢」は、二〇一三年四月から二〇一五年三月まで。「香天」を発行しながら、フェイスブックで毎日三句をアップし、ツイッターに俳句鑑賞を書くようになった。「香天」をお届けする皆さんだけでなく、フェイスブックの友だちやツイッターのフォロアーの方々の中で、俳句を書き俳句を味わう生活を始めたのである。実業においては、校長として岬町立深日小学校に勤務した。小学校に勤務するのは初めてだったが、ここで中学生の頃から親しんできた俳句と、実業としてきた教育との合体が起こった。俳句づくりをとおして学校づくりに取り組むことになったのである。教育の本質は、子どもや保護者の現実から深く学ぶことだと考えてきた。全校の児童とともに、俳句をつくっていくことは、子どもたちの感性に学ぶという、教員として最も大切な営みであった。

現在は、大阪教育大学の教授として、教員をめざす大学生に学校現場の声を届けるとともに、初任期の教職員の指導に携わっている。また、深日小学校での俳句づくりを生かして、大阪教育大学公開講座「子どもと学ぶ俳句づくり」を開講している。

今振り返ってみると、この句集に収めた一九年間、指導や管理を行う実業を持ちながら、ファイトをもって俳句に挑んできた。この期間をまとめるにあたっては、第一句集でもお世話になった邑書林の島田牙城さんが最適であると思い、全面的にお願いすることにした。末尾になったが、深くお礼申し上げる。

二〇一七年三月一日

岡田耕治

岡田耕治 おかだ こうじ

一九五四年十一月十一日　大阪府泉南郡岬町に生まれる
一九六八年より作句を始め、一九七八年「花曜」に参加する
一九八〇年より、現代俳句協会会員
一九八四年より「花曜」編集委員、一九九六年より編集長
一九九七年　第二十七回花曜賞受賞
同年、第一句集『学校』を上梓
二〇〇四年十二月十二日　師・鈴木六林男永眠
二〇〇五年より同人誌「光芒」に参加
二〇〇九年、俳誌「香天」を創刊、代表　現在に至る

桃山学院大学卒業
大阪教育大学教授

現住所　598 - 0007　泉佐野市上町二 - 六 - 三八 - 二〇二
ツイッターアカウントは　@koutenn
ブログ「香天」は　http://koutenn.blogspot.jp/

句　集＊日《ひ》脚《あし》

著　者＊岡田耕治 ©

発行日＊二〇一七年三月三〇日

発行人＊島田牙城
発行所＊邑書林《ゆうしょりん》
661-0033　兵庫県尼崎市南武庫之荘3-32-1-201
Tel　〇六（六四二三）七八一九
Fax　〇六（六四二三）七八一八
郵便振替　〇〇一〇〇-三-五五八三二
younohon@fancy.ocn.ne.jp
http://youshorinshop.com

印刷所＊モリモト印刷株式会社
用　紙＊株式会社三村洋紙店
定　価＊本体二二〇〇円プラス税
図書コード＊ISBN978-4-89709-840-1